DISCOURS

QUI A REMPORTÉ LE PRIX

D'ÉLOQUENCE

DE

L'ACADÉMIE

DE BESANÇON,

PAR M. BERGIER,

Curé de Flangebouche.

DISCOURS

QUI A REMPORTÉ

LE PRIX

D'ÉLOQUENCE

DE L'ACADÉMIE

DE BESANÇON,

Par **M.** *BERGIER,* Curé de *Flangebouche.*

A BESANÇON,

Chez FANTET, Libraire, plus haut
que la Place Saint Pierre.

M. DCC. LXIII.

DISCOURS

QUI a remporté le Prix de l'Académie de Besançon, en l'année 1763.

Par M. ***BÉRGIER***, *Curé de Flangebouche.*

Combien les Mœurs donnent de lustre aux Talens.

LES talens sont des dons précieux ; mais il est rare de les posséder dans un degré supérieur ; il ne l'est peut-être pas moins d'en annoblir l'usage en les consacrant à la vertu. Parmi tant de beaux génies qui ont cultivé avec succès les Sciences & les Arts, il en est trop qui

fe font deshonorés par le mépris des bien-
féances & des mœurs. Quelle eft la caufe
de ce malheur? Eft-ce la nature, qui, trop
avare de fes bienfaits, n'enrichit fouvent
l'efprit qu'aux dépens du cœur? Eft-ce
la fortune, qui, jaloufe d'une gloire à laquelle elle n'a point de part, fe plaît à
humilier les grands hommes par les écarts
auxquels ils fe laiffent entraîner? Le
hafard qui a fait périr tant de chef-
d'œuvres de l'antiquité, a confervé des
ouvrages dont la perte auroit été moins
digne de nos regrets & dont la perfection ne dédommagera jamais la Société
des pernicieux effets qu'ils font capables
de produire. De même qu'il y a eu des
Siécles barbares où les regles du beau
étoient ignorées, il en eft d'autres où
l'amour du bien s'affoiblit, où les prin-
cipes de vertu font oubliés; & peut-
être touchons-nous de près à cette trifte
Epoque. Selon la nouvelle morale qui
cherche à s'introduire, une fage timidité
convenoit à nos Peres, ils étoient dans
l'enfance des Talens; pour nous parvenus à l'âge fortuné où le Génie eft
dans toute fa vigeur, nous pouvons dé-

formais tout ofer. Funestes progrés! si
ce que nous avons acquis de nouvelles
connoissances étoit autant de diminué
sur nos vertus.

Semblables au Courfier fougeux qui
blanchit d'écume le frein qui le maîtrise,
nos Philofophes se révoltent contre les
Loix auxquelles la nature & la raifon
nous assujettissent, ne veulent obéir
qu'à l'impétuosité de leur génie, prétendent enlever nos suffrages par la fierté même avec laquelle ils feignent de
les dédaigner; l'un nous peint le goût
pour les Talens comme pernicieux aux
mœurs, l'autre nous repréfente la contrainte des mœurs comme nuifible aux
Talens; quelle route fuivre au milieu
des égaremens de cette bifarre philofo-
phie? Celle que nous tracent le bon
fens & l'expérience, feuls guides capables de nous conduire à la fageffe. Ils
nous aprennent que les mœurs fans la
culture des Talens font dures & fauva-
ges, que les Talens fans refpect pour
les mœurs font vicieux & méprifables;
que l'heureux concert des uns & des autres fait leur gloire mutuelle & le bon-

heur dé la société. En jettant fur l'Hif-
toire un coup d'œil rapide, nous ver-
rons les Talens honorés tant qu'ils ont
refpecté les mœurs ; avilis & dégradés
aufli-tôt qu'il y ont donné atteinte : où
les faits décident, les fpéculations font
inutiles & les raifonnemens fuperflus.
Sans autre preuve, on en doit conclure
ces deux verités fi honorables pour les
mœurs, qu'elles font la vraie fource de
la gloire des Talens, & qu'elles font le
feul moyen pour éviter les écueils.

I.

CE N'EST point un inftinct aveugle,
mais un difcernement éclairé qui a inf-
piré aux hommes du refpect & de l'admiration pour les Talens; ils leur ont ac-
cordé de l'eftime à proportion de l'uti-
lité qu'ils en retiroiént. Les plus nécef-
faires ont été d'abord préférés; mais on
n'a jamais penfé que ce qui eft capable
de nuire aux mœurs pût être véritable-
ment avantageux. A qui eft-ce que l'on
a commencé de rendre les honneurs di-
vins, & d'élever des autels ? A ceux dont

on avoit reçu des bienfaits. Les ouvriers habiles qui trouverent le secret d'abréger nos travaux, d'en assurer le succès, de pourvoir aux besoins de l'humanité ; les observateurs curieux qui découvrirent les richesses de la nature & les ressources qu'elle a préparés à nos maux, les législateurs dont la sagesse réunit les peuples, forma les Empires, affermit les liens de la Société : voilà les premiers auxquels l'antiquité encore grossiere offrit son encens. L'excès même de sa reconnoissance prouve la puissance des motifs qui l'avoient inspirée.

Successivement l'on aprit à honorer les beaux arts, à mesure que l'on sentit l'importance de leurs services. L'Eloquence chargée de présider aux délibérations publiques, d'éclairer le citoyen sur ses véritables intérêts, de l'entraîner au bien par le poids des raisons, & par les charmes du discours ; la Poësie apliquée à célébrer les actions des Héros, à chanter les douceurs d'une vie innocente ; la Musique & la Danse associées au culte de la Divinité pour en augmenter la pompe & rendre plus vives les le-

çons de fageffe ; la Peinture & la Sculp-
ture occupées à conferver l'image des
grands hommes, à perpétuer par des
monumens auguftes le fouvenir de leurs
vertus, s'attirerent des hommages. Ainfi
Mercure & Minerve, Apollon & les
Mufes, furent placés dans les Temples
à côté de Vulcain & de Cérès, d'Efcu-
lape & de Bacchus.

Si dès leur enfance les talens furent
élevés au comble des honneurs, c'eft
qu'ils avoient toute l'innocence du pre-
mier âge. L'art oratoire ne s'aviliffoit
pas au point d'enfeigner le mépris des
Loix & l'oubli de la Divinité ; les Mufes
encore vierges ne fouilloient point leur
bouche par des chants lubriques , & le
pinceau toujours chafte n'ofoit tracer
des objets capables de faire baiffer les
yeux à la pudeur. Telle une jeune beauté
au fortir de l'enfance eft plus touchante
par la rougeur modefte qui brille fur fon
vifage, & infpire le refpect par la fage
retenue de fes regards.

Dans la fuite des tems , lorfque le
luxe introduit chez les Nations eut altéré
la pureté des mœurs primitives, les beaux

arts ne furent pas à couvert de la con-
tagion commune. Pour plaire à des cœurs
déja corrompus, ils furent réduits à leur
reſſembler ; mais cette foibleſſe ne de-
meura pas impunie, elle fut la premiere
cauſe de leur décadence. La beauté ſim-
ple & majeſtueuſe de la nature fut rem-
placée par les agrémens faux & affectés
du vice ; le goût aſſervi ſous la tyrannie
des paſſions, devint capricieux & inſenſé
comme elles ; ainſi les Talens déchurent
de leur gloire, dès qu'ils ceſſerent de
reſpecter les mœurs.

La Philoſophie qui auroit dû corriger
le déſordre, n'eut pas un ſort différent.
Tant qu'elle fut apliquée utilement à
obſerver la nature, à donner aux peuples
des leçons d'une ſaine Morale, les Philoſophes décorés du beau nom de ſages,
furent reſpectés comme Maîtres & Lé-
giſlateurs du genre humain. Mais lorſque
livrée à la manie des ſyſtêmes, elle ne
s'occupa plus que de vaines ſpéculations ;
lorſque diviſée en autant de Sectes qu'il
y avoit d'écoles, elle ne fut plus que l'art
frivole de diſcourir & de rendre toutes
les opinions problématiques ; lorſque

devenue inutile aux mœurs, elle fut étrangere au bonheur des hommes ; la vénération fit place au mépris, & le titre odieux de Sophiftes, donné à fes fectateurs, fut un témoignage authentique de l'aviliffement où ils étoient tombés.

Ce n'eft point par des productions licentieufes que les grands Artiftes de la Grece mériterent leurs plus brillantes couronnes. Dans ces affemblées fameufes où l'on expofoit les chef-d'œuvres de l'art aux yeux d'un peuple curieux & éclairé, la palme ne fut jamais accordée à celui qui avoit foulé aux pieds le plus hardiment les loix de la décence. Cet attentat ne fut fouffert que quand les Grecs raffafiés du vrai beau chercherent dans les affaifonnemens bifarres du vice de quoi ranimer un goût émouffé par l'abondance. Alors les Artiftes oubliant la dignité de leur talent ne rougirent pas de vouer à l'intérêt des travaux qu'ils n'avoient autrefois confacrés qu'à la gloire : alors maîtrifés par les inclinations dépravées des particuliers, ils cefferent d'être guidés par le feu du génie, & s'écarterent de la perfection à mefure qu'ils s'éloignerent de la régle des mœurs.

Quand est-ce que l'Éloquence Romaine parvint au plus haut degré de splendeur? Lorsque l'Orateur enflammé du zéle de la République montoit sur la tribune pour réveiller dans le cœur des citoyens les antiques vertus de leurs peres, pour réclamer les privileges des Nations alliées ou soumises, pour implorer la sévérité des Loix contre les excès des Questeurs ou des Proconsuls. Mais lorsque l'éloquence devenue captive avec Rome, ne pensa plus qu'à plaire à des Maîtres vicieux, il fallut parler à l'esprit, parce que la vertu seule peut parler au cœur, il fallut substituer le brillant des pensées au pathétique du sentiment & la vaine pompe des paroles à la force des raisons & des preuves. Ainsi l'éloquence née pour commander en Reine fut réduite à ramper en esclave & fut envelopée dans la ruine de la liberté & des mœurs.

Est-ce par quelques morceaux trop libres que les plus grands Poëtes ont mérités une place distinguée sur le Parnasse

& font parvenus à réunir en leur faveur l'eſtime de tous les temps & de toutes les Nations ? Nous n'admirerions pas moins le Prince des Lyriques latins, s'il eut effacé de ſes ouvrages des coups de pinceau trop hardis, &ſi ſa Muſe plus réſervée avoit mieux gardé les loix de la pudeur. S'aperçoit-on qu'un reſpect conſtant pour cette vertu ait réfroidi l'enthouſiaſme de Virgile? Heureux, d'avoir ſçu allier toutes les graces de l'imagination avec la pureté des mœurs, d'être parvenu à nous plaire ſans riſquer de nous corrompre, d'avoir ſeul le privilége d'occuper utilement & les premiers travaux de la jeuneſſe & le ſage loiſir de l'âge mur! S'il a eu peu d'imitateurs, c'eſt qu'il n'a point laiſſé d'héritiers de ſon génie. Un Poëte incapable de nous attacher par la beauté des images & la ſublimité des penſées, cherche à nous intéreſſer en irritant les paſſions; cet indigne artifice eſt la reſſource ordinaired'un talent médiocre.

Par quelle fatalité un art deſtiné à nous inſtruire en nous amuſant, n'a-t-il pas encore pu vaincre la répugnance de la plus faine partie du Public, ni fe laver de la flétriſſure qu'il reçut preſque dès fa naiſſance ? Parce que l'on n'a jamais pu l'aſſujettir à reſpecter les mœurs. La vertu frémit encore de l'outrage qu'elle eſſuya ſur la Scene Attique, lorſque So-crate y fut expoſé aux inſultes d'un Comique effréné, & la ſageſſe même immo-lée à la riſée publique. Apologiſtes du Théatre, effacez, ſi vous pouvez, ce trait de l'Hiſtoire. Si ce talent dangéreux avoit joui dans la Capitale du Monde d'une eſtime générale, verrions-nous l'Orateur Romain apliqué à diſſiper les préventions que pouvoit faire naître contre Roſcius le métier qu'il éxerçoit ? Il n'auroit pas eu beſoin de diſtinguer avec tant de ſoin le citoyen de l'acteur, & le caractere perſonnel d'avec le vice de la profeſſion. Que Thalie ne nous dicte plus que des leçons de ſageſſe ; que ſes traits jamais aigüiſés par la malignité, ne ſoient lancés que contre les vices ; qu'en particulier & en public ſes éleves ne faſſent qu'un même perſonnage, celui de Citoyens vertueux : bientôt la con-tradiction ceſſera, les voix ne ſeront

plus partagées fur le rang que doit tenir
dans la Société un art utile jufqu'ici dans
la fpéculation, & pernicieux dans la pra-
tique ; toujours aplaudi par goût, parce
qu'il étoit agréable, & toujours cenfuré
par raifon, parce qu'il eft licentieux.

En vain des fpéculateurs chagrins,
frapés de la deftinée toujours commune
aux mœurs & aux talens, ont accufés
ceux-ci d'avoir corrompu les premieres,
amolli les peuples, accéléré la chûte des
Empires. Enfans ingrats, ils maltraitoient
le fein qui les avoit allaités. Ils chargoient
les beaux Arts d'un malhenr dont ils ont
été, non la caufe, mais tout au plus l'inf-
trument, & toujours la victime. Le luxe
& les paffions ; voilà la vraie fource des
maux de l'humanité, qui entraîne à la
fois & la corruption des mœurs & la décadence des talens. Garantiffons-nous
de ce poifon funefte, nous conferve-
rons à ceux-ci toute leur gloire, & à
celles-là leur innocence.

Rome toute occupée de conquêtes,
& qui n'afpiroit qu'à vaincre les Nations,
trembla pour fes mœurs quand elle vit
introduire dans fon fein les Sciences &

les Arts. Frayeur ridicule! ce n'eſt pas là l'ennemi qu'elle avoit à redouter. Tant qu'elle ſçut maintenir la ſévérité de ſa diſcipline, les éxercices de l'eſprit ne firent que moderer la férocité de ſes guerriers. Mais lorſque corrompue par la moleſſe Aſiatique, ellè eut oublié ſes propres loix, les Arts ne ſervirent plus qu'à déguiſer ſes vues ſous un maſque de politeſſe, & à rendre ſes éxemples plus contagieux. Vainement effrayée de ce déſordre, elle chaſſa les Rhéteurs & les Philoſophes; c'eſt l'avarice & la volupté qu'il eût fallu proſcrire. Par ce decret ſalutaire la vertu conciliée avec les talens ſe feroit utilement ſervie de leur ſecours, & eût ajouté à ſes propres attraits ce nouveau charme pour gagner les cœurs.

Déja long-tems auparavant, Sparte, pour conſerver la vertu, s'étoit crue obligée de fermer l'entrée de ſes mœurs à ces mêmes Arts qui rendoient la Grece ſi célebre ; mais la proſcription ne tomboit que ſur l'abus. Sparte prêta l'oreille aux ſons de la Lyre, tant qu'ils furent capables d'adoucir le caractere de ſes

Citoyens, fans énerver leur courage ;
elle bannit les Muficiens & les Poëtes ,
dès que leurs chants efféminés devinrent
dangereux pour les mœurs. Quelle leçon
pour les talens , s'ils avoient fçu en profiter !

C'eft à une école fi refpeÊtable qu'auroient dû s'inftruire ceux qui ont voulu
nous faire envifager les paffions comme
le principe unique du fublime & de l'ex-
cellence dans les arts , & la contrainte
où les mœurs nous retiennent comme
un frein génant qui anéantit la grandeur
& l'énergie de la nature. Paradoxe digne
des feÊtateurs de Diogene. La vertu feule
peut infpirer de nobles idées, le vice eft
toujours bas & rampant. Les paffions af-
franchies du joug des mœurs ne font plus
que des animaux féroces ; elles ne peuvent enfanter que des monftres. Leur
force momentanée reffemble à celle de
la fievre & du délire, qui annonce une
défaillance prochaine. Si dans les accès
de leur fougue l'efprit eft encore capable
de s'élever au grand & au fublime, le
cœur toujours enclin à fe peindre , ne
manque jamais d'imprimer à fes ouvrages

des traits de sa dépravation ; & cette empreinte odieuse suffit pour en inspirer le mépris à tout homme sensé.

La perfection des arts consiste sans doute à imiter la nature ; mais la nature nous aprend à voiler ce qui peut blesser la pudeur. Pas un peuple, fut-il sauvage & barbare, qui n'en ait reçu cette leçon. Si tant d'Artistes fameux avoient été fidels à l'observer, plusieurs ouvrages qu'une juste crainte a sacrifié à la sûreté des mœurs, subsisteroient encore : ceux qui ont échapé à cette sage vigilance, purifiés des taches qui les souillent, mériteroient d'être universellement connus ; & au lieu du culte profane que leur rend dans le secret du cabinet un petit nombre de cœurs gâtés, ils recevroient en public les respects de tous les gens de bien. J'en atteste ici le libertinage même & l'hypocrisie sous laquelle il se cache ; quel est le suffrage le plus flatteur, ou celui du vice, ou celui de la vertu ?

Mais un siecle entier fut-il assez pervers pour prodiguer les éloges à d'infâmes productions ? La postérité indignée réclameroit contre cet abus, condamne-

roit également le talent & ses admira-
teurs. Non, le goût pour le vice ne fut
jamais constant; il ne peut être qu'une
yvresse passagere. Tôt ou tard la raison
reprend l'ascendant sur la mode & sur le
préjugé, & son empire s'affermit par
les assauts mêmes que l'erreur & les pas-
sions s'obstinent à lui livrer.

Plus un homme doué de grands talens
est rare, plus il est exposé aux regards,
plus il lui est important d'avoir des
mœurs. Placé en spectacle il ne peut
être vertueux sans éclat, ni vicieux sans
ignominie; ses travaux, quelques bril-
lans qu'ils soient, ne feront jamais que
la moindre partie de sa réputation. Les
dons de l'esprit peuvent nous donner une
admiration passagere; les qualités du
cœur nous intéressent par le sentiment,
& nous inspirent un sentiment durable.
Jamais les talens ne jouissent d'une gloire
plus pure que lorsqu'ils sçavent tourner
à leur profit la vénération que nous avons
pour la vertu. Ils sont environnés d'é-
cueils, & pas un qui ne soit marqué par
des naufrages; les mœurs sont la seule
ressource qu'ils ayent pour s'en garantir.

I I.

O n doit regarder sans doute comme contraires aux mœurs, non - seulement les vices grossiers que les loix condamnent, mais encore toutes les foiblesses qu'une austére vertu défavoue. La gloire de talens seroit imparfaite, s'ils n'étoient attentifs à se préserver des uns & des autres. Un défaut qui seroit à peine aperçu dans un tableau commun, suffit pour défigurer l'ouvrage d'un grand Maître où tout doit être achevé. Les petitesses de la vanité, les bassesses de l'intérêt, les injustices de la jalousie, les aigreurs de la malignité se pardonnent moins à un grand homme qu'à un génie médiocre ; c'en est assez pour rendre sa réputation équivoque. La modestie, la générosité, la droiture, la douceur, vertus aimables, qui carctérisent une belle ame, répandent sur les talens un lustre nouveau ; avec elles ils nous charment, sans elles ils ne font que nous éblouir.

Un génie supérieur peut difficilement ignorer ce qu'il vaut ; le goût du beau qui le faifit vivement par-tout où il le trouve, ne peut manquer de l'affecter dans fes propres ouvrages comme dans ceux d'autrui ; mais fi une fage défiance de foi-même ne réprime les mouvemens de l'amour propre, qu'il eft à craindre que l'efprit le plus clairvoyant ne foit bien-tôt dupe de fes illufions.

Il eft fi naturel de fe flatter, l'orgueil, adroit impofteur, fçait fe déguifer fous tant de formes différentes, la louange plonge le cœur dans une fi douce yvreffe, que la vertu la mieux affermie eft toujours en danger de fuccomber. Sans le fecours d'un guide fi néceffaire, comment un talent qui prend l'effort, évitera-t-il les précipices creufés par-tout fous fes pas ?

La préfomption qui ne voit rien au-deffus de fes forces ou d'inacceffible à fes lumieres, le ton décifif qui prononce en maître, où il faudroit douter, l'entê-tement qui ne fçait point reconnoître fes erreurs, encore moins en faire l'aveu, le mépris affecté pour des concurrens dont on redoute en fecret la fupériorité, la vanité qui cherche baffement les élo-

ges & s'offenfe lorfqu'on les lui refufe:
Que de fruits empoifonnés toujours
prêts à naître du germe pernicieux de
l'orgueil, à moins qu'une vertu mâle &
févere n'en retranche jufqu'à la moindre
racine !

Soutenir un combat continuel entre
l'amour de la gloire qui eft la paffion
des grandes ames , & la modération qui
eft le caractere d'un cœur bien fait ; entre
l'envie naturelle d'occuper la premiere
place, & la crainte de bleffer des rivaux
mécontens de la feconde ; entre la fran-
chife qui fe rend volontiers juftice , &
la modeftie qui l'attend du public , le pas
eft gliffant : un cœur peu éxercé à fe
vaincre, ne s'y foutiendra jamais. L'é-
xemple de tant de chûtes fameufes en
ce genre, ne fervira qu'à précipiter la
fienne, en la faifant paroître plus excu-
fable.

Je lis avec tranfport les ouvrages du
plus bel efprit que Rome ait produit ;
j'admire la fécondité de fon génie, la
force de fon éloquence, la droiture de
fon caractere ; mais je fuis choqué de
fa vanité. Orateur fublime , Philofophe

profond, Politique éclairé, Citoyen aimable, il semble réunir tous les talens : mais pourquoi mandier des éloges ? aplaudi dans le barreau, respecté dans le sénat, écouté dans l'accadémie, parvenu par son mérite au faîte des honneurs, favorisé d'un heureux succès dans les travaux pour la République, pouvoit-il craindre pour la gloire ? Falloit-il donner dans le même foible qu'il reprochoit à son maître Démosthénes, se flétrir ainsi par sa propre censure, démentir les maximes qu'il debitoit avec autant d'emphase sur le mépris de la vaine gloire ?

Mais inutilement l'on affecte les dehors de la modestie, si l'on n'en possede le fonds dans son cœur ; au travers des déguisemens dont un orgueil rafiné s'envelope, la nature perce & se dévoile. Le premier trait qui blesse un cœur vain fait tomber le masque & laisse à celui qui le portoit la double honte d'un vice réel & d'un personnage mal soutenu.

Si une passion noble, mais poussée à l'excès, est capable d'avilir les Talens, de quel oprobre ne se couvrent-ils pas, lorſqu’ils l’étouffent par une inclination baſſe & ſervile, par l’intérêt ſordide ? Que des hommes capables d’exceller dans les Arts ayent pu méconnoître à ce point leur propre merite, allier enſemble l’élévation des idées & la baſſeſſe des ſentimens, un génie ſublime & une ame mercenaire, un goût parfait & un penchant honteux, on le conçoit à peine. Sacrifier à la fortune des avantages qu’il n’eſt pas en ſon pouvoir d’accorder, c’eſt en ignorer le prix ; puiſqu’elle eſt aſſez injuſte pour laiſſer ſouvent les Talens dans l’oubli, peuvent-ils mieux s’en venger qu’en dédaignant ſes faveurs ? Plus un homme a reçu de la nature, plus il eſt redevable à la ſociété ; le ſalaire le plus précieux qu’il puiſſe recevoir de ſes ſervices eſt l’honneur qui y eſt attaché ; mais il ſemble y renoncer, dès qu’il cherche une autre recompenſe.

L’amour ſincere de la vertu & de l’humanité eſt ſeul capable d’élever l’ame à une déſinterreſſement généreux ; il nous fait enviſager les Talens comme un bien commun dont nos ſemblables ſont en droit de révendiquer l’uſage.

L'amour propre qui les raporte à lui seul est un dépositaire infidéle; il dispose en maître d'un fonds dont il n'est que dispensateur. Le consacrer à sa Patrie, c'est en assurer les fruits pour jamais. Quand le public seroit capable de manquer de reconnoissance, quand la postérité injuste refuseroit d'acquitter la dette, un cœur vertueux trouveroit toujours dans son propre témoignage un dédommagement que rien ne peut lui ravir.

Ce même principe devroit bannir la jalousie entre les Talens qui courent la même Cariere; plus ils font nombreux, plus les ressources publiques augmentent, & cette abondance ne peut affliger que les mauvais cœurs. Décrier des concurrens estimables, traverser leurs succès par de sourdes pratiques, triompher des revers qui leur arrivent, profiter de leurs travaux, se parer de leurs dépouilles, fans leur en faire honneur; la probité défend ces procédés, & la honte en est le salaire. Combien de Talens ce monstre n'a-t-il pas etouffés au berceau, en rebutant leurs premiers effais, en leur refufant le fecours néceffaire pour les encourager !

Quelle furie conduifoit la main cri-minelle qui ofa éxercer fa rage fur les tableaux immortels de le Sueur ? Que n'eft-il poffible d'effacer ces traits odieux, de rendre à ces chef-d'œuvres leur pre-mier éclat, d'anéantir les veftiges d'un attentat fi déshonorant pour les arts ! un Talent fupérieur n'en fera jamais ca-pable : fûr de fes richeffes, il voit celles d'autrui fans inquiétude ; le mérite de fes rivaux, loin de lui faire ombrage, ne lui femble que plus propre à relever fes fuccès. La juftice qu'il éxerce à leur égard lui eft rendue avec ufure ; la gloi-qu'il confent de partager avec eux ré-jaillit fur lui toute entiere. Apelles étoit trop grand pour être jaloux ; c'eft lui qui fit connoître le prix des excellentes peintures de Protogene ; & fi la mufe naiffante d'Horace fut accueillie à la Cour d'Augufte, elle en eut obligation à Virgile.

Cette baffe jaloufie n'a rien de com-mun avec l'émulation fi néceffaire aux Talens ; la premiere en eft le poifon,

celle-ci en eſt l'aliment, elle eſt également glorieuſe à ceux qui en ſont ani-
més & à ceux qui en ſont l'objet. Dans
tous les genres la réputation des Maîtres
croît à porportion du progrès des Diſ-
ciples ; & à moins que ceux-ci n'aſpirent
à ſurpaſſer leur modéle, ils ne parviendront jamais à l'égaler. Heureux le ſiécle
où regne cette noble ardeur, où les
grands hommes toujours rivaux, ſans
ceſſer d'être amis, travaillent à exceller,
non à ſe ſuplanter, & ne marchent à la
gloire qu'en ſuivant les routes de la
vertu ! Dans un combat ſi honorable,
l'avantage eſt preſque égal pour les
vainqueurs & pour les vaincus ; les uns
reçoivent la palme ſans fierté, les autres
l'accordent ſans envie ; tous s'eſtiment
& ſe reſpectent ; & par des éloges auxquels la flatterie ne peut avoir de part,
ils fixent le jugement de leurs contem-
porains & celui de la poſtérité.

Si cet eſprit de modération & de politeſſe eut toujours préſidé aux diſputes
des ſçavans, leurs veilles auroient été
plus utiles & leur réputation plus bril-
lante. Mais allumer dans l'Empire pai-

fible des Lettres touté la fureur des guerres civiles, parler avec les mufes un langage que les loix de l'éducation condamnent, repaître la malignité du public d'un fpeɛtacle qui fait gémir les fages; quelque prétexte dont la paffion fe ferve pour couvrir ces excès, ils ne feront jamais pardonnés. La critique fans doute eft néceffaire; mais fi des mœurs polies n'en adouciffent l'amertu-me, loin de conduire à la vérité, elle ne fert qu'à multiplier les préjugés; loin d'épurer le goût, elle ne fait que le dé-praver; au lieu de faire briller les Ta-lens, elle les deshonore. Voilà ce qui a fait tomber dans l'oubli ces conteftations fi vives qui ont fouvent partagé tout un fiécle; elle font devenues infipides, & les auteurs ont difparu dès que le temps a calmé les intérêts & la paffion qui les animoit.

Ainfi périront, & plus promptement encore, tant d'ecrits où le libertinage déguifé fous le beau nom de Philofo-phie veut fe faire un nom par l'affeɛta-tion de braver les mœurs, par des ef-forts redoublés pour arracher de nos

C

cœurs tout principe de morale & de société. Ces nouveaux Titans qui prétendent escalader le Ciel, en chasser la Divinité, renverser les Autels, lui enlever le tribut de notre encens & de nos hommages, auront le fort des premiers. Sans qu'il soit besoin de la foudre pour les terrasser, l'oubli & la poussiere en feront justice. Ce n'est point en dégradant l'humanité que l'on mérite ses respects; la fierté, l'aigreur, le ton Cynique ne furent jamais l'enseigne de la vérité.

Portrait de Voltaire.

Si dans un siécle trop enclin à vanter ce qui paroît singulier, il se trouvoit un écrivain qui eût l'ambition d'exceller dans tous les genres, de posséder tous les Talens, d'être tout à la fois Poëte & Théologien, Littérateur & Géomètre, Critique & Philosophe, Historien & Romancier; un génie plus varié qu'étendu, plus hardi que solide, plus capable d'éblouir que d'instruire, qui traitât sur le même ton le sacré & le profane, le sérieux & le burlesque, la fable & l'histoire; un Auteur plein de mépris pour ses Critiques, inconstant par goût &

opiniâtre par vanité; qui fît douter s'il a donné plus d'atteintes à la Vérité ou à la Vertu, à la Religion ou aux Mœurs; Quelle destinée pourroit-on lui prédire?

On lui diroit que ses ouvrages, trop nombreux pour être parfaits, trop superficiels pour être éxacts, trop frivoles la plûpart pour être estimés, parviendront difficilement à la postérité; qu'ils sont en danger, ou de périr avec le goût dépravé qui leur a donné la vogue, ou d'être immolés à la vengeance des Mœurs qu'ils outragent; que quand même ils lui serviroient, il y a bien de la différence entre la gloire & la célébrité; que de tout tems les sages ont fait moins de bruit que les insensés; que l'Histoire, en nous laissant ignorer celui qui bâtit le Temple de Diane, nous a fait connoître celui qui le brula. On lui représenteroit qu'occuper dans les fastes littéraires le même rang que tiennent dans nos Annales ces farouches Conquérans qui ont ravagé nos Contrées, c'est un triste avantage qui ne vaut pas la peine d'être acheté par la proscription, par une vie errante, par un demi-siécle de travaux.

On lui feroit obferver qu'il en coûte moins pour fe faire eftimer par un Talent médiocre, mais utile à la Vertu & aux Mœurs; que cette gloire ne peut être effacée par le temps, ni obfcurcie par les remords; qu'elle feule peut faire la confolation du fage & rendre fa mémoire précieufe à l'humanité.

Gloria eft confentiens laus bonorum, incorrupta vox benè judicantium de excellente virtute. Cic. Tufc. quæft. L. 3. n. 3.

F I N.